KAKÁ WERÁ
(ORGANIZADOR)

APYT

TAMA

FLORESTA DE HISTÓRIAS

ILUSTRAÇÕES
DIGO CARDOSO

1ª EDIÇÃO

SUMÁRIO

LITERATURA PARA
(RE)EXISTÊNCIA

No idioma grego a palavra “antologia” significa originalmente coleção de flores, postas em ramalhete ou feixe, organizadas de modo que a variedade se apresente dentro de um conjunto. Com o passar dos séculos, o termo passou a ser associado a coletâneas de textos, postos de acordo com determinada proposta editorial.

Na língua tupi utiliza-se a palavra “apytama” para designar feixe de lenha, ramalhete de plantas ou flores, trazendo assim o mesmo sentido etimológico de “antologia” e por isso, metaforizando esse gesto, ofereço aqui um maço de histórias devidamente juntadas, para a apreciação de alguém bem especial, que no caso é você, caro leitor.

Na aldeia, costuma-se também juntar um feixe de lenha para preparar o fogo no interior da oca para aquecer o ambiente e iluminar as narrativas que serão contadas, quando a noite chegar. Possivelmente, essa prática seja o marco da origem ancestral das artes literárias.

A literatura está presente em todas as culturas da humanidade. A sua expressão se dá basicamente por meio de narrativas, que podem ocorrer por várias vias: oral, pictórica, escrita, gestual e performática. Embora o termo esteja associado às letras, o fato é que sem histórias e memórias não há arte literária, e elas são contadas desde os tempos antigos, de modos bem variados.

As narrativas dos povos originários enquanto literatura escrita pelos seus representantes diretos passaram a ganhar evidência no início dos anos 1990. Foi a partir desse período que autores de diversas origens étnicas passaram a contribuir nos mais variados gêneros literários para a difusão de valores e modos de ser de suas respectivas origens.

Foi nessa época que aumentou o fomento por uma literatura genuína e representativa das raízes mais antigas do Brasil, com a contribuição de instituições como a FNLIJ (Fundação Nacional do Livro Infantil e Juvenil) e o Ministério da Educação, o apoio das editoras e também a partir de iniciativas promovidas por movimentos de autores indígenas estimulados por Daniel Munduruku.

A presença das histórias de origem indígena nas escolas foi de tal maneira reconhecida como de grande importância que no ano de 2008 se tornou lei federal, cujo artigo n. 11.645 torna obrigatório o ensino das contribuições de origens indígenas e africanas como um modo de compreender e valorizar as matrizes do povo brasileiro.

Antes da participação de autores indígenas, o acesso ao imaginário das culturas pré-cabralinas acontecia de um modo mais difuso: histórias, personagens e lendas eram incorporadas como parte daquilo que se instituiu folclore brasileiro e através de releituras de um amplo repertório de artistas e autores.

Oferecer este *Apytama* consiste em apresentar um território de imagens e conceitos que traduzem a identidade e a consciência de pertencimento de uma cultura plural, cujos valores principais apontam para o cuidado com a natureza, com as diferenças, com o poder e com o reconhecimento da memória como portadora de saberes.

Nas últimas décadas, cada vez mais a arte e o artista indígena insistem em se fazer presente na sociedade contemporânea brasileira. Na literatura escrita, estudiosos já catalogaram cerca de 48 escritores advindos dos povos originários, que têm se dedicado a uma produção literária mais consistente.

Os autores aqui escolhidos têm como característica comum a dedicação à arte literária e a utilização da literatura como uma estratégia de (re)existência do modo de ser e de pensar as origens as quais pertencem, além de revelarem seus respectivos dons peculiares no uso da palavra escrita.

Pela literatura podemos nos aprimorar enquanto seres humanos, pois ela contribui para o desenvolvimento da reflexão, do senso crítico, da imaginação, do conhecimento do "outro", de outras culturas e de visões de mundo, além de nos proporcionar o aperfeiçoamento da escuta e da fala.

Assim, por meio deste ramalhete que inclui: poemas, ensaio, crônicas e contos, toda uma diversidade se apresenta pela palavra escrita, partilhando experiências e provocando a imaginação, como é da natureza dessa arte que se tornou universal, presente nas mais diferentes culturas e biomas, nos mais amplos desertos até nas mais densas florestas.

Kaka Werá
Organizador da coletânea

ADEMARIO RIBEIRO PAYAYÁ

Acervo do autor

Gênero **POEMA** | Povo de origem **PAYAYÁ** | Localização **CENTRO DO BRASIL**

O povo Payayá é originário do sertão das Jacobinas, no interior da Bahia, em decorrência de peregrinações e interações a partir de trânsitos entre São Paulo, Bahia, Porto Seguro e Utinga. Situados atualmente nesta região, após processos de resistência e conexões com outros povos.

SOBRE ADEMARIO RIBEIRO PAYAYÁ

Indígena Payayá é doutorando e mestre em Ciências da Educação, especialista em Educação, Pobreza e Desigualdade Social, licenciado em Pedagogia. Também é escritor, poeta e teatrólogo, diretor de teatro e presidente da Associação ARUANÃ. Na infância, inventava escritas em folhas das árvores, solo dos terreiros e enxurradas. Nos anos 1970, iniciou sua poética e teatrologia.

Tem publicações individuais e coautorias. Seu último livro, *Oré - Îandé* (Nós sem vocês — Nós com vocês), foi escrito em Guarani, Patxohã, Kiriri, Tupi e Português. A obra é composta por poemas, textos sobre diversidade linguística, chaves das pronúncias das línguas indígenas, partituras, ilustrações, *QR Codes* e sugestões para o ensino da temática indígena.

AS COISAS COMO ELAS SÃO

Se aprende na escola
Que casa de índio é OCA
(isso se for para o Tupi)
É que também cola
Se for para o Wayãpy
Onde Yanomami se toca
É bom não confundir
Ele chama de MALOCA
Mas para o Xavante é RI
Para o Pataxó é PÃHÃI
É SETHE para o Fulni-ô
Para o Karajá é HETÔ
Para o Munduruku é UKA...

E para o Yawalapiti?
E para o Txukahamãe?
E para o Kiriri?
E para o Krahô?
E para o Maxakali?
E para o Xakriabá?
E para o Kaeté?
E para o Tuxá?
E para o Kantaruré?...

É bom não se confundir
Não é um FEBEAPÁ
E não se fica em pé
Quando seguro não está!!!

CELEBRAÇÃO

Oração canto e dança oração
Como viver? Como viver?
Tem que ter Terra
Tem que ter Terra
(... Mata Alimento Caminho Bicho!...)

Oração canto e dança oração
Como viver? Como viver?
Tem que ter Água
Tem que ter Água
(... Peixe Canoa Limpeza Chuva!...)

Oração canto e dança oração
Como viver? Como viver?
Tem que ter Fogo
Tem que ter Fogo
(... Luz Dança Paixão Energia!...)

Oração canto e dança oração
Como viver? Como viver?
Tem que ter Ar
Tem que ter Ar
Prá viver.

O CURANDEIRO E O CRIADOR

"CANTIGA KIRIRI"

Etsãmý! Etsãmý! Etsãmý!
"Parente! Parente! Parente!"
Inahdè si niò aób Bidzamú Canghi?
"Do que foi feito a roupa do Bom Curandeiro?"
Sasá, ró badí, ró bebá, ró mÿghÿ!!
"Saia de pindoba, pena, osso, contas!"

Etsãmý! Etsãmý! Etsãmý!
"Parente! Parente! Parente!"
Bodzodè iguý Bidzamú Canghi?
"A que vem o Bom Curandeiro?"
Kendè moré sitè Siniócribæ!
"Anunciar que logo vem o Criador!"
Kendè moré sitè benhè
"Que logo seremos concebidos!"
Kendè moré sitè nhenetì
"Que logo seremos lembrados!"
... moré sitè Siniócribæ!
... moré sitè Siniócribæ!
... moré sitè Siniócribæ!
"... que logo vem o Criador!"
"... que logo vem o Criador!"
"... que logo vem o Criador!"

Acervo da autora

AURITHA TABAJARA

Gênero **POEMA** | *Povo de origem* **TABAJARA** | *Localização* **NORDESTE DO BRASIL**

Os Tabajaras são um povo que habita o litoral do Brasil entre a Ilha do Itamaracá e a foz do rio Paraíba. No século XVI, eram 40 mil pessoas e se aliaram aos portugueses na Capitania de Pernambuco em oposição aos holandeses, colaborando para o que viria a ser a Capitania da Paraíba.

SOBRE AURITHA TABAJARA

Sou Auritha cordelista,
Nascida longe da praia,
Fascinada pela rima
E melodia da jandaia.
No Ceará foi a festa,
Meu leito foi a floresta,
Nas folhas de samambaia.

Francisca Aurilene Gomes nasceu no interior do Ceará, em casa, pelas mãos de duas sábias parteiras, a avó Francisca Gomes e Antonia Portela. Foi a primeira neta dos avós maternos e daí a origem do nome ancestral Auritha, com o qual assina suas obras literárias. Cresceu ouvindo as lindas histórias de tradição contadas por sua avó. Apaixonada pela rima, escreve desde pequena. Atualmente, mora em São Paulo, é escritora cordelista, terapeuta holística em ervas medicinais, contadora de histórias indígenas, palestrante e oficineira. Seu primeiro livro, *Magistério indígena em versos e poesias,* foi editado e adotado pela Secretaria de Educação Básica do Estado do Ceará. Também tem textos em cordéis publicados em outras antologias indígenas e em revistas *online* como: *Maria Firmino dos Reis, IHU* e *ACROBATA*. Sua mais recente publicação é o livro *Coração na Aldeia pés no Mundo.* Auritha foi a primeira mulher indígena a publicar livros em literatura de cordel no Brasil.

RESPEITE A MÃE NATUREZA

Por que será que nascemos?
Alguém já se perguntou?
Será que é pra ser senhor,
Em quantidade e poder?
E só ganhar sem perder?
Achando que é chiqueza,
Ser bonito e ter beleza,
Sem querer que o outro tenha,
Faz de tudo uma resenha,
Respeite a mãe natureza.

Mas se poluir os rios,
Onde moram os peixinhos,
Matando os passarinhos,
Jogando lixo no chão,
Me chamando de irmão,
Se não vê tanta tristeza
Maltratando com bruteza,
Tudo que é diferente,
Pois seja mais consciente,
Respeite a mãe natureza.

Todo mundo aqui já sabe,
Mas não custa reforçar,
É preciso dela cuidar,
Somos filhos, fruto e sementes,
Aqui não somos clientes,
Digo com toda franqueza,
Ter cultura é ter riqueza,
Se manter bem ativada,
Memória bem cultivada,
Respeite a mãe natureza.

Se não tem a consciência,
De cuidar e mantê-la viva,
Tome a iniciativa,
Seja um bom cidadão,
Lembre-se da alimentação,
Que tem lá na sua mesa,
É que alguém deu dureza,
Pra que brotasse da terra,
Seja no sertão ou na serra,
Respeite a mãe natureza.

O oxigênio não se compra,
Nem tu vives sem respirar,
Não é só pra admirar,
O verde da plantação,
Que existe na região,
Queria sentir firmeza,
Mas só vejo malvadeza,
Queimada e desmatamento,
Tenha cuidado com o vento,
Respeite a mãe natureza.

Somos filhos desta terra,
Se falta água no rio,
É triste o desafio?
Água pra nós é sagrada!
A terra abençoada,
Que tira toda impureza,
E faz crescer a beleza,
Gerando nosso futuro,
Não queime o seu monturo,
Respeite a mãe natureza.

Sou nativa Tabajara,
Desta terra cearense,
De serras ipueirense,
Desde a 5ª geração,
Histórias e construção,
E memória com certeza,
Minha avó é uma lindeza,
Minha maior referência,
Nos ensina com paciência,
Respeitar a mãe natureza.

Acervo do autor

CRISTINO WAPICHANA

Gênero **CONTO** | *Povo de origem* **WAPICHANA** | *Localização* **NORTE DO BRASIL**

O povo Wapichana habita tradicionalmente a região de Roraima. Para eles, o monte Roraima é tido como uma entidade espiritual sagrada que cuida da humanidade. Atualmente, formam uma população de 13 mil pessoas, vivendo no interflúvio dos rios Branco e Rupununi, na fronteira entre o Brasil e a Guiana. Constituem a maior população falante da língua Aruak, no norte da Amazônia.

SOBRE CRISTINO WAPICHANA

Cristino Wapichana é escritor, músico, compositor, cineasta e contador de histórias. Patrono da Cadeira 146 da Academia de Letras dos Professores da Cidade de São Paulo – APL, é autor do livro *A Boca da Noite*, traduzido para o dinamarquês e sueco e vencedor da Estrela de Prata do prêmio Peter Pan 2018, do International Board on Books for Young People – IBBY. Cristino foi o escritor brasileiro escolhido pela Seção IBBY Brasil para figurar na Lista de Honra do IBBY 2018. Em 2014, recebeu a Medalha da Paz – Mahatma Gandhi. Já em 2017, ganhou o prêmio da Fundação Nacional do Livro Infantil e Juvenil – FNLIJ nas categorias Criança e Melhor Ilustração, o selo White Ravens da Biblioteca de Munique e foi finalista do prêmio Jabuti, pela Câmara Brasileira do Livro – CBL, repetindo o feito em 2019. Em 2021, alguns dos seus livros foram selecionados para o clube de leitura da ONU.

MEU AVÔ PAJÉ

(O EXISTIR SÓ SE DÁ NA CUMPLICIDADE DO TODO)

Meu avô é médico. Já salvou algumas vidas tanto de gente como de animais. Quando alguém ficava doente na aldeia, às vezes, antes mesmo de ser chamado, ele fazia uma visita na casa do doente e já levava remédios. Vovô foi por muito tempo o cuidador da aldeia. Era um vigia espiritual.

Vovó contou que uma família estava visitando outra do outro lado do rio Uraricoera. O pai, a mãe e seus três filhos, sendo um deles de colo, e mais um tio adolescente das crianças, que ajudava a remar, resolveram que não iriam dormir aquela noite com os parentes, pois as crianças estavam com saudades de casa, depois de uma visita de uma semana.

A noite já tomava o mundo para si. Despediram-se dos parentes, que insistiram para que ficassem aquela noite ali e partissem cedo para atravessar o rio. Mas, as vozes infantis soaram mais forte para os pais. Entre protestos, os dois remadores tomaram posição nos assentos das extremidades. O rapaz, tio das crianças, foi o primeiro a colocar os pés descalços na canoa e seguiu se equilibrando na linha central. Na mão que costumava levar comida à boca, segurava um remo e uma tocha acesa, que abria um pequeno espaço circular, ferindo a noite. Sentado na proa, ele iluminava a canoa para os passageiros que se agasalhavam nos três assentos espalhados no centro da embarcação, enquanto o pai, na popa, segurava a canoa, para que não dançasse até que todos se sentassem.

O proeiro encaixou a tocha à frente da canoa, e o remador da popa usou o remo para afastar a canoa do porto.

Os remos sincronizados rodopiavam a flor das águas turvas do rio, que estava cheio. A canoa sem pressa, deslizava sobre as águas volumosas apressadas. Redemoinhos aquáticos se formavam e os funis se desfaziam com um assobio macabro. Era a força das águas que sorvia a própria água.

A canoa já havia deslizado quase a metade do rio, quando um vento frio começou a soprar, aumentado a força e dificultando o deslizar da canoa, o que exigia mais esforço e destreza dos dois remadores.

Naturalmente, as crianças ficaram com medo e os mais velhos apreensivos.

Pequeninas ondas se chocavam na lateral da embarcação, respingando a água turva do rio. Uma chuva prenunciada pelo vento frio, também havia chegado.

O pai pediu a Kiwierii, filho mais velho do casal, que erguesse mais a tocha, para que conseguisse enxergar melhor a força das águas sobre a canoa. O menino se levantou, mas, na mesma hora, uma onda mais forte se chocou contra a canoa e ele se desequilibrou. Assustado, o menino lançou a tocha para cima e seu corpo se chocou com o rio...

O rio o sugou, enquanto refletia a pouca luz do fogo da tocha, que se aproximava de seu fim.

Mesmo sendo um experiente nadador, como é natural das crianças indígenas, o menino não emergiu e a pouca luz da tocha estava sendo consumida pela chuva.

O pai, então, pulou, mas a força e a profundidade das águas o impediram de encontrar o filho. Seguiram com a canoa descendo o rio, chamando-lhe pelo nome, mas foi em vão. O rio havia engolido o menino.

A escuridão, cúmplice do rio, ajudou a escondê-lo; Kiwierii ainda não tinha a altura do peito de um homem. A chuva aumentou sua força, assim como o desespero de todos. O rio estava bravo. A correnteza e os redemoinhos podiam ter levado o menino para o fundo.

Depois de um tempo procurando, decidiram em silêncio, entre choros e medos, retornar para a aldeia.

A escuridão, o frio e a chuva perseguiram a família até a sua casa. Logo, a notícia de o menino ter sido levado pelo rio se espalhou.

Foi uma noite triste e amargurante para todos da aldeia. Clamando, pediam a Tuminkery, o criador de todas as coisas, que não levasse Kiwierii.

Perto do sol nascer, homens e mulheres foram para o rio, com a única esperança de encontrar o corpo do menino. A largura entre as margens, de quase três tiros de flecha de distância, tornava improvável que uma criança sobrevivesse à força das águas.

A mãe, os irmãos e os amigos gritavam, enquanto caminhavam na margem do rio, do lado de sua aldeia.

Um rio com tantos perigos não oferece chances para quem não é das águas. Mas há seres encantados, habitantes das entranhas das águas e dos lugares secos, que obedecem ao chamado do magnífico Criador Tuminkery.

Kiwierii sabia nadar muito bem, mas no desespero, tentava emergir inutilmente. Com o fôlego findando, naquela completa escuridão, sentiu passar próximo de si, algo liso que mais parecia uma cobra grande.

Tentou agarrar aquele corpo liso, com todo o desejo de viver...

Sentiu o focinho de um boto, que o empurrou para a superfície. Os botos o cercaram e, sob cantos de alegria, levaram o menino para a margem do rio, em segurança. Talvez fossem os mesmos botos que as crianças da aldeia costumavam brincar no porto. Aqueles que saltavam para comer os pequenos peixes que os meninos e meninas pescavam. E depois nadavam, todos juntos, numa brincadeira de cumplicidade e amizade infantil.

O menino saiu da água na margem oposta da aldeia, naquela escuridão fria. Encontrou uma grande sumaúma, onde passou o restante da noite quietinho, para não chamar a atenção de bichos famintos...

Acolhido ao pé daquela gigante árvore, sentou-se e, perto do dia amanhecer, adormeceu. Acordou com os gritos distantes de sua mãe e de seus amigos, na outra margem do rio.

O sol já havia engolido a escuridão e tocava o corpo de menino.

Kiwierii se aproximou da margem e assobiou forte. Sua mãe ouviu aquele som único, que identificava cada filho.

O milagre, que pertence a todos os seres e gentes, aconteceu ali, perto de nossa aldeia.

A mãe não conseguiu responder ao assobio peculiar do filho. A gratidão e a alegria lhe invadiram o coração e os sons se embaralharam dentro de si. Tuminkery, o Criador magnífico, havia lhes presenteado com o melhor milagre...

A canoa em que estava o pai seguiu para a outra margem a toda velocidade, impulsionada por dois pares de remos. Todos sabiam que aquele milagre revela que Kiwierii (cujo nome significa arco-íris) havia sido escolhido para ser luz para o povo Wapichana.

Com o passar do tempo, os mais velhos foram lhe ensinando os segredos das plantas de cura e da força das cachoeiras. Fortaleceram a sua espiritualidade e, depois de jovem, a floresta convidou Kiwierri para passar muitos dias e noites sozinho, para lhe ensinar sobre os espíritos das doenças e da cura. As águas e as grandes árvores o formaram como um pajé com uma espiritualidade curadora.

Um dia, meu avô me convidou para ir à mata próximo da aldeia. Era quase final de tarde. Caminhamos por algumas roças velhas até chegar na floresta. Antes de entrar na mata, ele parou e prestou uma prece.

— Sagrada floresta, tu que acolhes, guardas e alimentas tantas vidas, visíveis e as que não podemos enxergar, sob tuas raízes e em tuas copas, nos acolha, eu e meu neto, com os mesmos cuidados com que cuida a quem te pertence. Agradecemos-te.

Entramos na mata e paramos diante de uma imensa árvore. Ele acendeu uma resina de maruai dentro de um recipiente de barro. Enquanto cantava, espalhava com folhas grandes a fumaça do maruai ao redor da árvore. Então, disse a ela:

— A ti que viste incontáveis invernos e verões e deste alimento e sombra para todos que passaram por tua copa ou nela se abrigaram. A ti que tiveste muitas gerações de filhos, nós te pedimos um pedaço de terra, para que possamos fazer nossas roças, para alimentar a nós e a nossos filhos. O teu sacrifício, como o de outras árvores, não será em vão. Quando chegar o fim de cada um de nós, serviremos de alimentos para os teus filhos, como tem sido desde o tempo ancestral. Que nunca esqueçamos da nossa aliança com a Mãe Terra, de cuidarmos uns dos outros, como ela cuida de nós.

Retornamos para casa em silêncio. Dias depois, o lugar onde havíamos caminhado foi preparado para ser roça. A roça tem o tamanho de cada família. E é feito um rodízio das roças antigas, pois a terra precisa descansar por alguns anos, sem que haja intervenção humana. Assim, regenera-se e o solo recupera os seus nutrientes, necessários para as muitas vidas que habitam naquele lugar.

O meu avô Kiwierii é o nosso médico, pajé, professor, conselheiro e um homem incrível. Parte viva de um milagre autêntico de um Criador generoso e magnífico.

Eu, que ouvi e transmiti a história do meu avô Kiwierii, sou sukuku (sabiá). Sou a continuação do meu povo Wapichana. Rico em cultura e em conhecimento de cuidado com a Mãe Terra; bem comum a todos os seres que habitam o planeta. Embora centenas de povos indígenas tenham sido violentados para formar a sociedade brasileira, como pertencentes a mesma e única humanidade, conclamamos todos os humanos para juntos cuidarmos da nossa Mãe Terra que está doente. Adoeceu por tantas violências cometidas por alguns humanos que destroem florestas e rios, desabrigando seres e eliminando a biodiversidade em nome do progresso. Progresso que beneficia apenas um punhado de gente, que não tem nenhum respeito pelo outro ou pelo próprio planeta.

Que cada povo espalhado pela Mãe Terra tenha o direito de viver em seu território e em plenitude, como o Sol que ilumina cada dia.

DANIEL MUNDURUKU

Acervo do autor

Gênero **CRÔNICA** | *Povo de origem* **MUNDURUKU** | *Localização* **NORTE DO BRASIL**

Povo de tradição guerreira, os Mundurukus dominavam culturalmente a região do Vale do Tapajós, que nos primeiros tempos de contato e durante o século XIX era conhecida como Mundurukânia. Hoje, suas guerras contemporâneas estão voltadas para garantir a integridade de seu território, ameaçado pelas atividades ilegais dos garimpos de ouro, pelos projetos hidrelétricos e pela construção de uma grande hidrovia no Tapajós.

SOBRE DANIEL MUNDURUKU

Daniel Munduruku é um escritor e professor paraense, pertencente ao povo indígena Munduruku. É autor de 56 livros, publicados por diversas editoras no Brasil e no exterior, a maioria classificada como literatura infantojuvenil e paradidático. Graduado em Filosofia, tem licenciatura em História e Psicologia, mestrado e doutorado em Educação pela Universidade de São Paulo – USP e pós-doutorado em Linguística pela Universidade Federal de São Carlos – UFSCar.

Já recebeu vários prêmios nacionais e internacionais por sua obra literária: prêmio Jabuti pela Câmara Brasileira do Livro (2004 e 2017) – CBL; prêmio da Academia Brasileira de Letras (2010) – ABL; prêmio Érico Vanucci Mendes – CNPq; prêmio para a Promoção da Tolerância e da Não Violência – Unesco e prêmio da Fundação Bunge pelo conjunto de sua obra e atuação cultural. Em 2021, foi condecorado pela OAB-SP como personalidade literária. Muitos de seus livros receberam o selo Altamente Recomendável da Fundação Nacional do Livro Infantil e Juvenil – FNLIJ. Ativista engajado no Movimento Indígena Brasileiro, reside em Lorena, interior de São Paulo, desde 1987, cidade onde é Diretor-Presidente do Instituto Uka e do selo Uka Editorial.

UM DIA JÁ FUI ÍNDIO

(UMA FICÇÃO QUASE VERDADEIRA)

Outro dia acordei e vi escrito no muro de casa a seguinte frase: "Volta para tua casa, seu índio selvagem". Minha primeira reação foi de espanto, claro.

Vivendo no mundo urbano desde sempre, mas trazendo em meu corpo as marcas de pertencimento a um povo ancestral, fui vítima de muito *bullying* e chacotas. Parecer um "índio" foi algo que marcou minha infância, minha adolescência, minha juventude, minha vida adulta e, finalmente marcará minha, em breve, velhice. Lá atrás sofri bastante. Quando jovem respondi com truculência, briguei e apanhei também; na vida adulta descobri um método para não mais me sentir ofendido por qualquer tipo de infâmia, viesse de onde viesse: aprendi a rir de mim mesmo.

Talvez, por isso, tenha me espantado ao ver escrito no muro de minha casa a frase me colocando no lugar de onde nunca saí.

ORIGEM

Nunca saí? Pois é, isso me fez pensar na realidade que vivemos e que nos lembra que nossa gente originária continua presa ao passado dentro da mente da *minha gente brasileira*. Contraditório? Muito contraditório, mas real.

Minha gente brasileira foi educada, desde sempre, a não enxergar a realidade, a vida, a sabedoria, o pertencimento, a conexão, o compromisso de nossa gente ancestral. A história oficial ocultou a real participação dos povos originários na formação da identidade nacional. Fez isso colocando-os na linha da exclusão social e convencendo a *minha gente brasileira* a não perceber que ela traz em si não apenas o sangue, mas a alma ancestral. Foi assim que se aprendeu a chamar nossa gente originária pelo apelido "índio" e colar nele toda sorte de adjetivos, entre eles o de "selvagem". Mas também ensinou que "índio" é preguiçoso, cruel, atrasado, indolente, viciado, covarde, oportunista, tem terra demais, entre outras barbaridades. Disse isso e pronto, não disse mais nada.

Não disse, por exemplo, que há no Brasil uma grande diversidade cultural e linguística: mais de 300 povos, mais de 270 línguas. Não disse que muitos povos foram exterminados ao longo dos 500 anos passados; não disse que cada povo representa um modo diferente de olhar para a vida e de dar uma resposta criativa ao drama de viver. Não disse, portanto, que o sistema o qual o modelo econômico prega exige a destruição das diferenças, o apagamento das culturas, de outros modos de vida e de economia. Se ensinasse isso, correria o risco de lembrar que outro modelo de vida é possível e que a *minha gente brasileira* é, no fundo, parte de nossa gente originária. Ou seja, *minha gente brasileira* é um povo novo e que traz dentro do si o gene da mudança, da transformação e a solução para boa parte dos problemas do mundo.

Foi nisso que pensei enquanto limpava o muro de casa e me deu a impressão de ter lido nele a frase: "Volta pra tua casa, índio selvagem!".

Acervo do autor

EDSON KAYAPÓ

Gênero **ENSAIO** | *Povo de origem* **KAYAPÓ** | *Localização* **NORTE DO BRASIL**

Os Kayapós vivem em aldeias dispersas ao longo do curso superior dos rios Iriri, Bacajá, Fresco e de outros afluentes do caudaloso rio Xingu, desenhando no Brasil Central um território quase tão grande quanto a Áustria. É praticamente recoberto pela floresta equatorial, com exceção da porção oriental, preenchida por algumas áreas de cerrado.

SOBRE EDSON KAYAPÓ

Edson Kayapó, pertencente ao povo Mebengokré, nasceu no estado do Amapá. É doutor pelo EHPS/PUC-SP, mestre em História Social pela mesma instituição, graduado em História pela Universidade Federal de Minas Gerais – UFMG, com pós-graduação *lato sensu* (especialização) em História e Historiografia da Amazônia, pela Universidade Federal do Amapá – Unifap. É pesquisador das questões amazônicas e indígena, escritor premiado, membro do Parlamento Indígena do Brasil e da Comissão de Direitos Ambientais da Universidade Estadual de Campinas – Unicamp. Também é professor de História Indígena e Educação Escolar Indígena na Licenciatura Intercultural Indígena do Instituto Federal da Bahia – IFBA, e docente credenciado no programa de pós-graduação em Ensino e Relações Étnico-Raciais da Universidade Federal do Sul da Bahia – UFSB.

OS ESPÍRITOS DA FLORESTA ANUNCIAM

Manter ecossistemas e biomas preservados é uma necessidade urgente para a garantia da continuidade da vida no planeta, e os povos indígenas podem colaborar com essa árdua tarefa. Em nome da racionalidade humana e do progresso, a "humanidade civilizada" declarou guerra à terra pelo solo, subsolo, fontes de água e pelo ar, resultando em angústia, muitas dores, nas desigualdades sociais e no temor da extinção da vida.

A degradação das relações socioambientais se acentuou de forma assustadora nas últimas décadas, de tal maneira que as derrubadas das florestas, o desenvolvimento industrial e o agronegócio trazem consequências devastadoras que afetam a todos os grupos humanos. Temos visto os fenômenos naturais sacudindo a terra, acompanhados pela febre que aquece seu corpo, expressando o grito de paz.

Os impérios construídos no mundo moderno destroem a vida em todas as dimensões, e com altas tecnologias, a arrogância humana diz que domina a natureza, transformando-a em bem-estar para todos.

A bagunça antropogênica coloca a vida em xeque no planeta, cabendo à comunidade internacional decidir os novos caminhos para o futuro. Os povos indígenas, seguindo as pegadas de suas ancestralidades e sabedorias produzidas milenarmente nos laboratórios das florestas, vêm alertando insistentemente sobre os perigos entranhados no projeto humano de progresso infinito.

Mais do que alertar sobre os riscos do desenvolvimentismo insustentável, os povos indígenas têm se posicionado politicamente contra esse projeto, desde o século XVI, quando as caravelas colonizadoras desembarcaram nos nossos territórios originários. Em seus modos próprios de vida, os nossos povos têm demonstrado a capacidade de manter relações equilibradas com o meio, realizando seus projetos societários em sintonia com a vida humana e não humana, pois nossas ancestralidades nos ensinaram que os rios, as florestas, os animais e as montanhas são nossas irmãs; a Terra é a nossa mãe, dizem os sábios ao redor das fogueiras.

Umas das mais belas lições ensinadas pelos coletivos indígenas é a possibilidade e a necessidade da vida simples e digna. Menos consumismo, desaceleramento da máquina de produção, menos preocupação com o PIB – indicador econômico que quase nunca tem compromisso com a justiça social e que leva em consideração os limites dos recursos naturais.

Sendo propositivo, a ideia é indianizar as relações sociais, no sentido de enxergar o meio natural como nosso irmão, como Mãe, a Mãe Terra. Os povos indígenas apontam um caminho promissor, baseado na forma de se relacionar com seus territórios originários: cuidá-los e concebê-los como a casa da espiritualidade.

Os tempos de crises agudas que amedrontam a humanidade podem sinalizar para o diálogo sincero com os povos indígenas, visando a reconstrução de tudo o que foi destruído em nome do progresso. Nossos povos têm disposição para realizar diálogos interculturais, mas é necessário que a sociedade envolvente e o poder público demonstrem reconhecimento e respeito aos nossos modos de vida; despir-se da couraça etnocêntrica, genocida e epistemicida, só assim o diálogo fluirá.

Assim entendido, fica mais fácil compreender que a demarcação dos territórios originários, prevista na constituição brasileira vigente, é uma ação política benéfica para a humanidade. Obviamente que os povos indígenas têm absoluto interesse e necessidade de terem seus territórios demarcados, mas que fique evidente que a demarcação/autodemarcação dos territórios indígenas é um avanço que impactará positivamente na qualidade de vida no planeta.

Importa ressaltar que a Terra é um organismo potente e repleto de vida, sendo que ela pode reprovar o agressivo comportamento humano (antropoceno) e transformar a todos em poeira cósmica, num piscar de olhos.

Que a humanidade repense a sua trajetória na terra e consolide uma aliança mundial contra os projetos genocidas, epistemicidas e ecocidas. Os povos indígenas têm absoluto interesse em trabalhar pela paz, pelo respeito às diversidades de povos e línguas e pela sustentabilidade no planeta — nossa oca, nossa casa e guardiã das nossas ancestralidades.

Acervo da autora

TRUDRUÁ DORRICO

Gênero **CONTO** | *Povo de origem* **MACUXI** | *Localização* **NORTE DO BRASIL**

Habitantes de uma região de fronteira, os Macuxis vêm enfrentando, desde pelo menos o século XVIII, situações adversas em razão da ocupação não indígena na região, marcadas primeiramente por aldeamentos e migrações forçadas, depois pelo avanço de frentes extrativistas e pecuaristas e, mais recentemente, pela incidência de garimpeiros e pela proliferação de grileiros em suas terras.

SOBRE TRUDRUÁ DORRICO

Trudruá Dorrico pertence ao povo Macuxi. É doutora em Teoria da Literatura pela PUCRS, mestre em Estudos Literários e licenciada em Letras/ Português pela Universidade Federal de Rondônia – UNIR. É poeta, escritora, palestrante e pesquisadora de literatura indígena. Venceu o concurso Tamoios/ FNLIJ/UKA de Novos Escritores Indígenas em 2019. É a administradora do perfil @leiamulheresindigenas no Instagram e foi curadora da I Mostra de Literatura Indígena no Museu do Índio – UFU. Autora da obra *Eu sou macuxi e outras histórias* (Editora Caos e Letras, 2019).

O URUBU

Um homem se casou com uma moça muito bela e foram morar muito longe dos parentes. Mas nunca chegaram a morar em uma casa, como deveriam. Afinal, a moça inexperiente seguiu o marido fielmente por muitos anos.

O marido saía, levando uma lança, para buscar alimento para eles. Quando trazia peixes ou carnes, estavam quase sempre passados e cheirando mal. Ela lavava e fazia a comida mesmo assim.

Um dia, ela perguntou ao marido por que a carne e os peixes estavam quase estragados, e ele respondeu:

— Porque eu fui muito longe e só agora estou chegando, como você vê.

E assim foi levando a mulher. Um dia, o marido se aprontou para ir caçar, pegou sua lança e disse para a mulher:

— Espera aqui. Desta vez vou trazer uma caça bem fresca! — E desapareceu.

A mulher ficou aguardando, como fazia todas as vezes. Porém, escutou um cântico de gaviãozinho cri-cri-cri, cri-cri-cri que não parava. A mulher que, a essa altura estava com fome, disse:

— Em vez de ficar aí cantando, traz uma caça para eu comer. — E o gaviãozinho voou.

Sem demora apareceu um homem formoso trazendo uma caça. Era um waikin, um veado como se fala na língua macuxi.

— Aqui está — disse ele.

— Quem é você? — perguntou a mulher.

— Eu sou aquele que estava cantando e você pediu para trazer uma caça. Eu trouxe, aqui está — disse o gavião. — Vamos limpar e fazer comida e depois vou te mostrar quem é teu marido. — Ele limpou a caça, assaram e comeram.

— Agora, vamos embora daqui antes que teu marido chegue.

Foram e se esconderam. Então veio o marido. Um pouco longe do lugar onde moravam, ele vomitou peixes e outras carnes e os preparou para levar à mulher. Não a encontrando em casa, comeu tudo de volta, e ainda comeu os restos da caça do gavião. Papou tudo enquanto buscava a companheira.

O gavião e a mulher, que estavam escondidos, testemunharam tudo.

— Ele é ptunai, urubu! Tudo que ele traz é resto de carniça. Ele mentia para você quando dizia que ia longe atrás da caça. Passa o dia todo esperando resto dos que comem bem. Por isso ele anda alguns metros quando sai, para você não desconfiar. Mas, logo ele se transforma em urubu.

A mulher, quando escutou isso, chorou. E quis vomitar. Mas o gavião a consolou dizendo:

— Isso nunca mais vai acontecer contigo. Agora você vai comer bem e viver bem e feliz comigo. — E voaram juntos. Foram viver felizes na floresta.

Kasna, o urubu-rei, porém, aconselhou que ptunai, seu filho, não ficasse triste, pois logo ele arranjaria outro casamento com alguém que lhe conhecesse, que partilhasse dos mesmos hábitos, e que fosse sua companheira. Kasna lhe arranjaria alguém que o aceitasse como ele era, como eles eram, afinal. Assim ptunai se casou novamente e constituiu família para sua alegria e do pai. Quando o mundo ficou de um só jeito, os urubus que eram gente ficaram na forma de lindas aves e repetiram seu hábito alimentar, contribuindo para a limpeza da floresta e do mundo, pois, onde tem restos, eles papam tudo.

KAKÁ WERÁ

Acervo do autor

Gênero **CRÔNICA** | Povo de origem **TAPUIA** | Localização **SUDESTE DO BRASIL**

A origem dos Tapuias se dá com os primeiros séculos de formação de Goiás e Minas Gerais, a descoberta do ouro, a chegada de colonos e seus escravos africanos, o surgimento de arraiais garimpeiros e, naturalmente, a resistência dos indígenas a todo esse movimento. Os Tapuias são o resultado da mescla desses povos e trajetórias de vida. Descendem de diversas etnias indígenas que fizeram hostilidades à colonização e foram aldeadas naquela região, como igualmente ocorreu com os demais agrupamentos humanos que para lá afluíram, isto é, os negros fugidos da escravidão nas minas de ouro e, mais tarde, já no início do século XX, as populações migrantes oriundas do próprio Goiás e estados vizinhos.

SOBRE KAKÁ WERÁ

Kaká Werá é escritor, educador, terapeuta e conferencista de origem tapuia. Atua na área da antropologia cultural, especialista na cosmovisão tupi. Autor de 11 livros, dos quais três foram traduzidos para o inglês, alemão e francês, abordando a temática da sabedoria ancestral e da espiritualidade. Já foi premiado várias vezes e teve livros considerados altamente recomendáveis pela Fundação Nacional do Livro Infantil e Juvenil – FNLIJ e pela Câmara Brasileira do Livro – CBL, entre ele: *A Terra dos Mil Povos* e *As fabulosas fábulas de Iauaretê* (ambos lançados pela Editora Peirópolis).

Empreendedor social com foco em valorização das culturas dos povos originários e na preservação ecológica, foi premiado e reconhecido por instituições como Ashoka Empreendedores Sociais, Unesco e ONU. Colunista da revista *Vida Simples*. Recentemente lançou pela Editora Moderna o livro *Menino-trovão*, que foi contemplado com o selo Cátedra 10 – 2022 pelo Instituto Interdisciplinar de Leitura PUC-Rio e pela Cátedra Unesco de Leitura PUC-Rio. Em 2022 estreou como corroterista na minissérie "Independências", pela TV Cultura, dirigida por Luiz Fernando Carvalho.

NOITE EM BRANCO

O ano era 1997, nebuloso dia 20 de abril. Cinco jovens, bem--vestidos, brancos, aparentando de classe social proeminente na cidade de Brasília, haviam acabado de estacionar um belo carro ao lado da praça central, no lado oposto ao ponto de ônibus.

Entraram pela noite adentro com tochas em riste nas mãos em direção a um dos bancos e atearam fogo em um cidadão mendicante que dormia. A madrugada alastrou um agudo grito, enquanto os jovens corriam dali.

— Vamos limpar a mendicância! Vamos limpar a praça!

Uma voz ao longe tentou falar, era um terceiro jovem esbaforido, que chegara atrasado e percebeu um equívoco.

— Ei! É um índio pataxó!

— Vamos limpar Brasília! Vamos limpar o Brasil! — diziam enquanto corriam.

Em poucas horas sirenes policiais e uma ambulância apreensiva talvez chegariam.

Em poucas horas chegaria, quem sabe, um sujeito de longa capa, para investigar.

O que é um índio pataxó dormindo dentro da noite aberta, próximo ao ponto de ônibus da capital do país? O que dormia ali? Dormia uma história. Dentro da noite fria de Brasília repousava por um instante quinhentos anos de lutas com o governo geral desta capitania hereditária.

Esperava o dia clarear para ir até o departamento do governo federal que trata da questão indígena. Não tinha outro lugar para dormir. Quando um cacique adormece, muitos séculos de memórias marcadas na pele e nos ossos descansam. Todas as histórias de seus antepassados repousam momentaneamente, para depois seguir adiante.

Repousava da luta de 1553, quando o então governador-geral da Bahia, Duarte da Costa, permitiu que colonos escravizassem e tomassem as terras dos povos mais próximos dos estabelecimentos coloniais.

Repousava da luta de 1555, quando violentos conflitos entre indígenas e brancos dizimaram grande parte dos tupiniquins do litoral baiano, obrigando 12 mil indígenas a emigrarem da Bahia em direção ao Peru, entre eles suas bisavós, carregando os saberes dos tataravós.

Foram 60 mil tupinambás, seus parentes mais velhos, a fugir, buscando a proteção da mata junto à foz do rio Madeira; ficando aos que insistiram em continuar no porto inseguro daquela Bahia somente os pataxós, resistentes desde então; foram eles os que restaram desde essa época.

Ele dormiu naquela praça de Brasília, em frente ao ponto de ônibus, para descansar todos os ossos de seus antepassados desde a luta de 1557, quando chegou Mem de Sá, terceiro governador-geral, e os Pataxós se recusaram a plantar, com o objetivo de resgatar as terras e a autonomia cultural em que viviam, provocando a fome por toda a província, que dependia do que eles cultivavam; que fez com que o governo reagisse com três atos civilizados: "guerra justa", escravização e conversão.

Quem dormia ali, na passagem do dia do índio para o dia do descobrimento do Brasil? Um pataxó. O que restou da resistência entre a passagem das longas noites desses dias. Repousando das lutas de 1500, 1600, 1700, 1800, 1900, 1997. Tinha a noite como teto e a praça como casa. Repousava do cansaço de ter ido a Brasília mais uma vez entre tantas outras, para defender seu direito às suas terras de origem.

Será que esses jovens que atearam fogo não sabem que devem a boa vida que levam aos antepassados desses que se escoram no frio das noites? Será que eles não sabem que a beleza dessa cidade foi erguida com o suor de muitos dos antepassados desses que muitas vezes se tornam sem-teto?

Será que eles não sabem que o dinheiro que gastam hoje futilmente tem sido tirado a séculos na forma de aliciamentos, decretos, leis, guerras, epidemias, conversões religiosas dos antepassados desta terra hoje chamada Brasil?

Será que não sabem que mais de quinhentos anos de atitudes do conselho, da corte, da mentalidade desse "governo-geral" só têm gerado essa indigência cívica? E aquele que restou, o pataxó, naquela noite, só repousava, buscando recompor as forças do guerreiro, para continuar sua luta sagrada pela vida, pelas terras que alimentavam a boca de seus antepassados, que foram tiradas da noite para o dia no ano de 1553.

Naquele dia de 1997, a madrugada de 20 de abril na capital do Brasil anunciava com tochas de fogo o desejo de cinco jovens:

— Vamos queimar tudo isso! Vamos limpar o país dessas memórias!

Sumiram com o belo carro cantando pneu. Enquanto isso, a noite esperava os policiais, a ambulância e o investigador para decifrar e entender o motivo do fogo, da morte, da história.

Acervo da autora

MÁRCIA KAMBEBA

Gênero **CONTO** | *Povo de origem* **KAMBEBA** | *Localização* **NORTE DO BRASIL**

Os Kambebas – também conhecidos como Omágua, principalmente no Peru – configuram um dos casos de grupos que, na Amazônia brasileira, deixaram de se identificar como indígena em razão da violência e discriminação de frentes não indígenas na região desde meados do século XVIII. Foi com o crescimento do movimento indígena, a partir da década de 1980, particularmente com o reconhecimento dos direitos indígenas pela Constituição de 1988 e a multiplicação das organizações indígenas, que os Kambebas passaram novamente a se afirmar como indígenas e a lutar pelas causas indígenas.

SOBRE MÁRCIA KAMBEBA

Márcia Wayna Kambeba é mestre em Geografia, doutoranda em Estudos Linguísticos pela Universidade Federal do Pará – UFPA, poeta, escritora, contadora de histórias, ativista indígena e ambiental, compositora de música indígena e autora de quatro livros. É membro da Academia Formiguende de Letras – MG e da Academia Internacional de Literatura Brasileira nos EUA, e palestrante de assuntos indígenas e ambiental no Brasil e exterior.

A ESCOLA DA MATINTA

"No ABC da natureza
Quero aprender com assobios
Pela voz da realeza
Sentir meus arrepios
Ao te ver velha Matinta
Mulher, mãe do Brasil.
Ensina tuas sábias lições
Do bem-viver, do amor,
Faz onda, banzeirando corações".

Em algum lugar da floresta Amazônica onde o sol sorri feliz, Matinta parece tranquila, calminha, fazendo o que sempre quis. No cuidado com suas plantas, olhando o rio passar, tranquila e sem pressa sabe a hora em que o boto vai boiar. Já teve um chamego com ele, se arrumou querendo um casamento arrumar, mas, o boto não conseguia por muito tempo ficar longe do rio-mar. O jeito foi respeitar seu encante e com ele uma amizade firmar.

No cuidado com a floresta, recebeu de Tana Kanata Ayetú uma missão: orientar as pessoas para o caminho da conservação. Somente com aquelas que não quiserem contribuir, ela pode fazer travessura se passando por assombração. Para os que querem ajudar, ela pode se apresentar como uma jovem ou uma anciã que ensina boas lições com direito a repetição.

Muitos já tentaram descobrir a casa da Matinta, mas seu cantinho ela guarda muito bem, só entra quem fala a palavra mágica "sou do bem! Venho para ajudar a natureza!"; um santuário verde é o que de precioso ela tem. Árvores frutíferas de onde a sombra vem, abrigo de pássaros, serpentes, entes que se transformam no que quiser em onças, macacos, lagartos, insetos, jacaré, mas, todos respeitam a encantada Matinta, sábia mulher.

Matinta tem o dom de voar como pássaro na imensidão, não é bruxa, nem usa vassoura, se transforma em coruja ou outro pássaro que seu encante quiser. Canta que nem sereia quando vê um humano ameaçando a paz da floresta, perturbando seu coração e ela vai cantando até ele se "mundiar", ou seja, ser hipnotizado por ela. Corre ligeiro na mata, um vulto que não se sabe de onde vem, dando risadas bem altas, caretas se lhe convém. Sua fama é de travessa, já foi menina e tocava o terror, se transmutava em menino, dela até mapinguari tinha pavor.

Fez muita gente malvada deixar para trás sua arma fatal, motosserra, espingarda e terçado, só não mexia com as mulheres que cuidavam com zelo de seu roçado. Quem o bem fazia, dela não tinha medo, sabia de sua existência, de seu encante e guardava segredo. Mas a Matinta tinha uma vocação e não era a de ser cantora, ela amava as crianças que apareciam em sua casa, as levava para o rio e ensinava sentada na proa da canoa, tinha na alma o dom de ser professora.

Numa bela manhã de verão, convidou a bicharada para um ajuri, uma linda escola ela queria construir. Sempre como arquiteto o macaco, e como ela já sabia de sua fama, ficava de olho para ver se ele não ia fazer corpo mole, criar um drama para desaparecer entre os galhos das árvores. E começaram a construir a escola da Matinta, era uma cantoria, uma barulheira, até a abelha queria contribuir, uns diziam: abelhinha o que fazes aqui? Ela respondia: tenho forças para esse teto cobrir. O macaco fica num sobe e desce buscando cipó para fazer a armação da escola, a abelha com seu mel grudava folhas e tudo estava uma perfeição.

A construção ficou pronta em um curto tempo pela solidariedade de todos. A fila era grande dos que queriam um lugar para sentar e a aula apreciar. Era bicho por todo lugar, até no teto tinha quem conseguisse se acomodar. Para alegrar a aula e não deixar ficar sem graça, a cantoria do uirapuru, maestro das belas melodias, se misturava ao sabiá, que tímido tentava lhe acompanhar.

As crianças das redondezas apareciam para estudar, esperavam ansiosas o que a Matinta tinha para repassar. Enfim, ela chegou num vestido todo em preto urubu, no ombro trazia a coruja com seus olhos arregalados, atentos a qualquer *zum zum zum*. Um assovio anunciou o início da aula e entre risos ela falou:

— Se assentem meus queridos e queridas. A partilha de saberes começou. Vamos aprender uns com os outros e daqui tirar a fórmula certa para proteger a natureza do seu maior agressor: o homem.

Matinta falava da solidariedade que todos precisam ter, do respeito aos saberes de cada um, pois ensinar é um ato de generosidade, dedicação e doação, ter um pelo outro cumplicidade. Saber sentir a dor de cada ser, valorizar a vida, servir sem buscar nada em troca, se colocar no lugar do outro. Essa é a primeira lição que fortalece o bem viver. Ela se preocupava com as futuras gerações, se não cuidarmos do rio morreremos junto com ele, pois água é vida. É preciso compreender que o rio está em cada um de nós, animais e pessoas, somos água e devemos cuidar para não poluir. Cuidem crianças da mãe natureza, ela precisa do amor de cada um de vocês, assim ela cuidará de todos nós, como já vem fazendo.

Enquanto ela falava um barulho se ouviu, as pessoas correram para se esconder, os pássaros voaram para ver o que aquele estrondo queria dizer. Matinta ordenou a coruja:

— Voe e veja como posso proceder.

— Um grupo de humanos se aproxima, minha deusa — disse a coruja.

— E o que desejam afinal?

Todos estavam curiosos, de repente ela disse:

— Façam silêncio! Ouvi gritos do pica-pau. Vamos nos espalhar e defender nosso local.

A arara gritou:

— Corram! São curumins com baladeiras brincando de matar passarinho, mas tem humanos adultos com espingarda querendo meter bala no nosso corpinho.

Matinta rodou meio de lado, seu cabelo estava todo despenteado. Saiu que nem trovão em dia de vendaval em busca de resolver a confusão. Chateada falava, eu estou brava. Atrapalharam minha aula de educação ambiental.

Um cidadão já estava com arma apontada para um porcão quando ela apareceu feito vultos na escuridão. Não se via nada, somente uma sombra de uma mulher muito rápida, de um lado para o outro, e o homem pálido não conseguia se desprender, parecia hipnotizado pelo canto e assobio fino que ouvia sem saber de quem era.

Seus colegas correram, ele foi ficando distante de todos, levado pelo canto e pelo assobio. Quando se deu conta, estava perdido no meio da mata. Gritou, chamou pelos seus parceiros e nada de ser escutado. Pensou: "E agora? O que será de mim?".

Foi quando ouviu uma voz dizer:

— Se queres viver, procura se converter às leis da natureza, ser um apoiador da causa e defensor da vida dos animais. De hoje em diante, teu caminho será outro. Fará o bem, defendendo os que promovem boas ações e, se aceitar o que te proponho, serás por mim defendido em toda tua caminhada.

O homem firmou essa aliança com a Matinta e foi salvo do encante que sobre ele ia cair. Voltou para sua casa e o bem lhe fez outro homem, comprometido com tudo que via e sentia. Tinha amor até por uma formiga que cruzava seu caminho. Cuidava com carinho das plantas, do rio, procurava dar destino certo ao lixo, criou em sua cidade movimentos sociais do lixo zero. Falava da Matinta como defensora da natureza e nunca mais apontou arma alguma para os animais. Matinta lhe dava o necessário para o sustento.

Na escola da Matinha ele entrou, aprendeu muitas lições e se tornou multiplicador em sua casa. Estudou, quis ser professor para continuar a missão de ensinar o bem maior que é o amor pela vida, fortalecendo o bem viver uns nos outros. Quando pela janela uma borboleta entrava, sua aula mais interessante ficava e a garotada foi deixando de querer maltratar a natureza, tornando-se amiga de tudo que vive e está presente no ambiente porque nós somos a natureza, portanto, somos um todo sem separação.

A lição aprendida é que somos guardiões, vivemos em uma casa comum que é o planeta Terra. Precisamos ser promotores de um mundo mais equilibrado, ecologicamente preparado para novas gerações viverem e terem o mesmo prazer de ver o verde e o rio limpo. As encantarias que vivem na natureza nos convidam para agir, buscando construir um mundo em que caibam todos os mundos, reverberando amor em cada coração para que assim possamos sentir a dor do outro, a alegria e o pertencimento com tudo que existe e está a nossa volta, a natureza natural e humana. E quando um assobio ouvir, não duvide, é a Matinta te chamando para uma história escutar em noite de luar. A escola é nossa. Entre, tem um cantinho para você se sentar e aprende!

Acervo do autor

TIAGO HAKIY

Gênero **POEMA** | *Povo de origem* **SATERÉ MAWE** | *Localização* **NORTE DO BRASIL**

O povo Sateré-Mawé habita a região do médio Amazonas, área indígena localizada na fronteira dos estados do Amazonas e do Pará, território ancestral de toda essa cultura. Foram seus antepassados que domesticaram o guaraná, tornando esse fruto parte integrante e cultivável daquela região.

SOBRE TIAGO HAKIY

Tiago Hakiy é poeta e escritor, graduado em Biblioteconomia pela Universidade Federal do Amazonas e contador de histórias tradicionais indígenas. Nasceu no município de Barreirinha, no coração da floresta amazônica, à margem de um maravilho rio, cheio de belas praias, chamado rio Andirá. Viaja por vários lugares do Brasil participando de eventos literários para divulgar a cultura indígena e a literatura que nasce no coração da floresta. Participa de projetos relacionados à cultura indígena junto ao Instituto UKA. Foi um dos fundadores e o primeiro presidente do CLAM (Clube Literário do Amazonas), do qual atualmente é embaixador cultural. Possui 14 obras publicadas.

ANDIRÁ: O RIO QUE DESÁGUA EM MINHA ALDEIA

O rio que deságua
Em minha aldeia
É um rio que ilumina as estrelas
Em noite de lua cheia.
É pintado de escamas esmaltadas,
Sorriso de tardes encantadas.
Rio que conduz o pescador
A lagos fartos de sonhos.
Nele, tem um vento sedutor,
Peixes vestidos de cor,
Água compartilhando amor.

O rio que deságua
Em minha aldeia
É um rio carregado de histórias.
Muitas aventuras, infinitas glórias,
Um grafismo de muitas memórias.
Olhos verdes, azuis,
De todas as cores,
Perfumes de muitas flores.

Um rio que suspira com o trovão,
Com as lembranças de muitas chuvas,
Araras trazendo verão
Nas belas curvas
Da alvorada ensolarada.
Um rio que carrega
O fulgor de lutas imemoriais,
Onde o boto tucuxi navega
Contando histórias surreais.

O rio que deságua
Em minha aldeia
Gosta de receber o carinho da floresta,
De desenhar banzeiros na areia,
De ouvir os pássaros em orquestra,
Trazendo a lua que tudo clareia,
Refletindo em seu espelho,
Transformando tudo em festa.

Um rio que abraça igapós,
Praias orvalhadas de tracajás,
Vai conduzindo a esperança em todos nós,
Nosso sonho que se refaz.

O rio que deságua
Em minha aldeia
Tem a cor da eternidade,
Uma lua que tudo clareia,
Brisa e terna saudade.
Ele traz o perfume das estrelas,
A canção de pássaros noturnos,
Praias pintadas como aquarelas.

Um rio de muitos segredos.
Às vezes ele é sereno como o luar,
Outras vezes, presenteia pesadelos
Em outros que deságua no mar.
À noite o rio se confunde com o céu,
Desenhando tudo como pincel,
As estrelas, os pássaros,
O canto e o iluminar,
Não resistem paisagem
Deixando assim
O rio solto a brincar.

O rio que deságua
Em minha aldeia
Carrega chuvas de verão,
Deixando lembranças na areia,
Inspirando idílica canção.

É um rio de folhas verdes
Com versos cantados ao vento,
Compartilhando sonoros acordes,
Eternizando o momento.

O rio que deságua
Em minha aldeia
Sabe o caminho do luar.
Nele, cabe o Amazonas inteiro,
Sempre pronto para navegar
E desaguar,
Junto com as estrelas
No mar.

PARA SABER MAIS SOBRE OS POVOS ORIGINÁRIOS

MAPA ATUAL DOS TERRITÓRIOS DOS DOS POVOS ORIGINÁRIOS DO BRASIL

Segundo o IBGE – Instituto Brasileiro de Geografia e Estatística –, os povos originários atuais **estão distribuídos em 225 sociedades indígenas**, com **180 línguas** e **dialetos distintos.**

12,5%
do território brasileiro é preservado como território indígena.

Para um território ser considerado indígena, deve passar pelas seguintes etapas:

a) Estudo antropológico.

b) Delimitação da área com base no estudo antropológico.

c) Declaração da área: com os limites reconhecido pelo Ministério da Justiça.

d) Homologação: aprovação pela Presidência da República.

42,3%
dos cidadãos dos povos originários vivem fora das áreas indígenas.

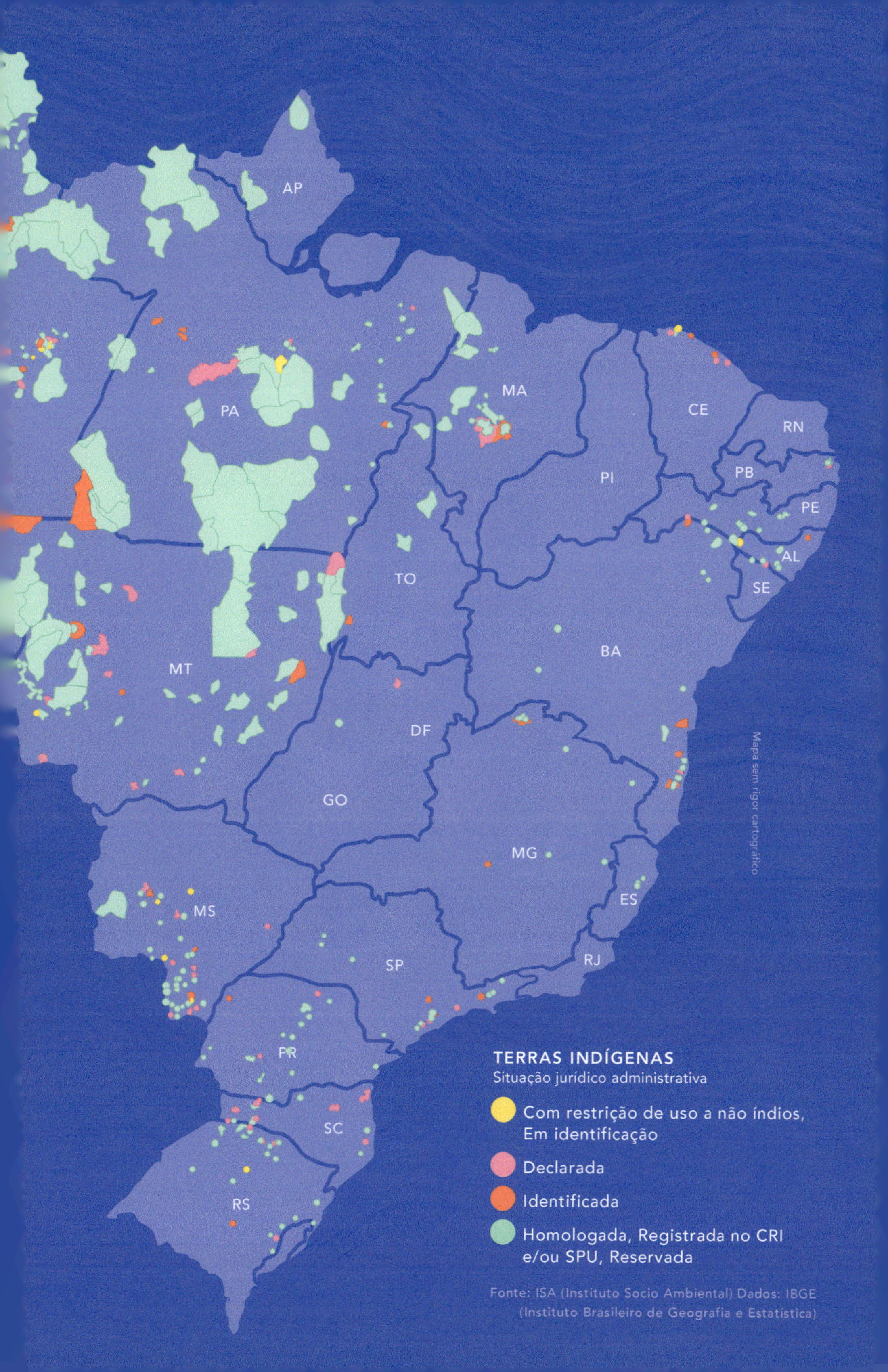
AP
PA
MA
CE
RN
PB
PE
AL
SE
PI
TO
BA
MT
DF
GO
MG
ES
RJ
MS
SP
PR
SC
RS
Mapa sem rigor cartográfico
TERRAS INDÍGENAS
Situação jurídico administrativa
Com restrição de uso a não índios, Em identificação
Declarada
Identificada
Homologada, Registrada no CRI e/ou SPU, Reservada
Fonte: ISA (Instituto Socio Ambiental) Dados: IBGE (Instituto Brasileiro de Geografia e Estatística)

OS DIFERENTES GRAUS DE RELAÇÃO DOS POVOS COM A SOCIEDADE BRASILEIRA

A Antropologia reconhece diferentes graus de relação entre povos originários e a sociedade brasileira. São eles:

POVOS ISOLADOS: Povos que não têm nenhum contato com a sociedade brasileira nem com outros grupos ditos indígenas. Estima-se que atualmente são mais de 40 povos.

POVOS ALDEADOS: Povos que mantêm uma relação com a sociedade envolvente, mas preferem viver dentro dos limites de suas áreas, sendo algumas ainda não reconhecidas pelo governo brasileiro.

POVOS DESALDEADOS: Grupos ou indivíduos que vivem em áreas urbanas, por vezes mantêm relações com parentes aldeados ou são famílias espalhadas devido a conflitos em suas áreas.

POVOS EMERGENTES: Grupos ou indivíduos que até há pouco tempo não eram reconhecidos oficialmente como pertencentes a uma cultura originária, mas que por estudos antropológicos ou linhagem ancestral resgataram a identidade ancestral.

MESTIÇAGEM: Desde antes do século XVI a mestiçagem é uma característica do desenvolvimento e expansão das culturas humanas. Na língua tupi, os grupos frutos de mestiçagem são chamados Carijó. Nos estudos antropológicos, após a fundação do Brasil, muitos ganharam a alcunha de caboclos, bugres, caiçaras, etc.

MAPA DA LOCALIZAÇÃO DOS POVOS EM SUAS ÁREAS

POPULAÇÃO INDÍGENA NOS MUNICÍPIOS 2010

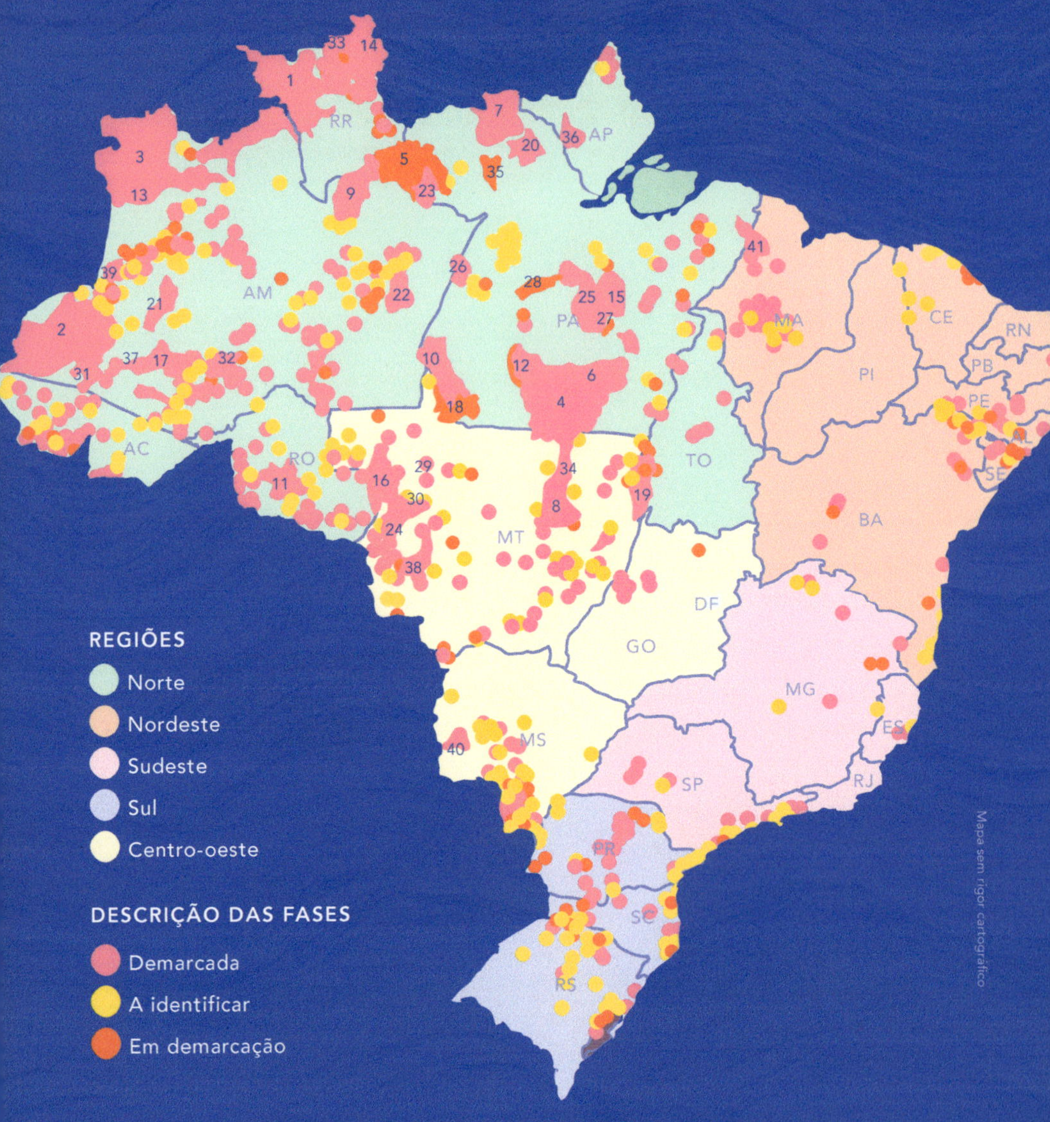

1. Yanomami
2. Vale do Javari
3. Alto Rio Negro
4. Menkragnoti
5. Trombetas/Mapuera
6. Kayapó
7. Parque do Tumucumaque
8. Parque do Xingu
9. Waimiri-Atroari
10. Mundukuru
11. Uru-Eu-Wau-Wau
12. Baú
13. Médio Rio Negro I
14. Raposa Serra do sol
15. Trincheira Bacajá
16. Parque do Aripuanã
17. Deni
18. Kayabi
19. Parque do Araguaia
20. Rio Paru d'Este
21. Rio Bia
22. Coatá-Laranjal
23. Nhamundá/Mapuera
24. Nambikwara
25. Arawete Iguarape Ipixuna
26. Andirá-Marau AM/PA
27. Apyterewa PA
28. Cachoeira Seca PA
29. Aripuanã MT
30. Enawene-Nawe MT
31. Kulina do Médio Juruá AM
32. Hi Merimã AM
33. São Marcos RR
34. Capoto/Jarina MT
35. Zo' é PA
36. Waiapi AP
37. Kanamari do Rio Juruá AM
38. Paresi MT
39. Évare I AM
40. Kadiweu MS
41. Alto Turiaçú MA

1ª edição, 2023

DIREÇÃO EDITORIAL	Maristela Petrili de Almeida Leite
COORDENAÇÃO DE EDIÇÃO DE TEXTO	Marília Mendes
EDIÇÃO DE TEXTO	Ana Caroline Eden
COORDENAÇÃO DE EDIÇÃO DE ARTE	Camila Fiorenza
PROJETO GRÁFICO E DIAGRAMAÇÃO	Isabela Jordani
ILUSTRAÇÃO DE CAPA E MIOLO	Digo Cardoso
COORDENAÇÃO DE REVISÃO	Thaís Totino Richter
REVISÃO	Nair Hitomi Kayo
COORDENAÇÃO DE *BUREAU*	Everton L. de Oliveira
PRÉ-IMPRESSÃO	Ricardo Rodrigues, Vitória Sousa
COORDENAÇÃO DE PRODUÇÃO INDUSTRIAL	Wendell Jim C. Monteiro
IMPRESSÃO E ACABAMENTO	Forma Certa Gráfica Digital
LOTE	791528
CODIGO	120005161

Dados Internacionais de Catalogação na Publicação (CIP)
(Câmara Brasileira do Livro, SP, Brasil)

Apytama : floresta de histórias / Kaka Werá (organizador) ; ilustrações Digo Cardoso. – 1. ed. – São Paulo : Santillana Educação, 2023. – (Veredas)

Vários autores.
ISBN 978-85-527-2720-0

1. Contos – Coletâneas – Literatura infantojuvenil 2. Literatura indígena – Coletâneas 3. Poesia – Coletâneas – Literatura infantojuvenil I. Werá, Kaka. II. Cardoso, Digo. III. Série.

23-161901 CDD-028.5

Índices para catálogo sistemático:
1. Antologia : Literatura infantil 028.5
2. Antologia : Literatura infantojuvenil 028.5

Cibele Maria Dias – Bibliotecária – CRB-8/9427

Editora Moderna Ltda.
Rua Padre Adelino, 758 – Quarta Parada
São Paulo – SP – CEP: 03303-904
Central de atendimento: (11) 2790-1300
www.moderna.com.br
Impresso no Brasil
2024